바람의 열반

이 도서의 국립중앙도서관 출판예정도서목록(CIP)은 서지정보유통
지원시스템 홈페이지(http://seoji.nl.go.kr)와 국가자료종합목록
구축시스템(http://kolis-net.nl.go.kr)에서 이용하실 수 있습니다.
(CIP제어번호 : CIP2020033478)

형상시인선 29 송화 시집

바람의 열반

인쇄 | 2020년 8월 25일
발행 | 2020년 8월 28일

글쓴이 | 송화
펴낸이 | 장호병
펴낸곳 | 북랜드
　　　　06252 서울 강남구 강남대로 320, 황화빌딩 1108호
　　　　대표전화 (02)732-4574, (053)252-9114
　　　　팩시밀리 (02)734-4574, (053)252-9334
　　　　등록일 | 1999년 11월 11일
　　　　등록번호 | 제13-615호
　　　　홈페이지 | www.bookland.co.kr
　　　　이-메일 | bookland@hanmeil.net

책임편집 | 김인옥
교　　열 | 배성숙 전은경

ⓒ 송화, 2020, Printed in Korea
저자와의 협의하에 인지를 생략합니다.

ISBN 978-89-7787-950-8 03810
ISBN 978-89-7787-951-5 05810 (E-book)

값 10,000원

형상시인선 29

바람의 열반

송화 시집

북랜드

자서自序

꾹꾹 눌러 둔 감정을 꺼내어 햇살 좋은 날 소쿠리에
널어 말리면 정제된 옹이 같은 삶이
계절의 흔적 한곳에 오롯이 남아 있을까?

까치발로 서성이던 보고픔이 비가 되어 내리던
그런 날의 그런 기다림은 늘 헛발질이 많았다

퍼즐 조각처럼 낱낱의 시간과 공간을 짜 맞춰 보지만
너는 먼 저편에 서 있다

– 송화 시「오래된 봉인」일부

2020년 여름 한가운데서

차례

1

허공의 눈발

2

기둥을 세우다

떠내려가는 나무

4

돌모리 안부

1

허공의 눈발

수繡를 놓으며

무료하던 실이
아슴아슴한 옛길이 더듬는 시간
꽃이 되기도 하는 시간
손끝에 걸린 저 무명 응어리로 남은 매듭을
당당히 당겨 묶는다

묵묵히 당겨진 실에 탱탱한 입김을 쏟아 낼 때
잊힌 시간의 거리에서
불면의 밤은 먹먹하다

아물아물 더듬어 당신 찾아가는 길
저 멀리 유택의 불빛이 희미하게 보이는 걸 보니
아직 미완의 내 작품은
즈려밟은 발바닥마다
키 높이 다른 꽃들을 새겨놓는다

몽유하다

힘껏 수액 퍼 올리는 장미
툭툭 잎 터지는 소리
문안의 여자는
또박또박 눈으로 적는다

이야깃거리가 많아진 넝쿨
골목마다 귀를 뚫어 놓고
꽃잎 귀걸이 흔들어댄다

간밤에 내 잠에 누가 와서
문 활짝 열어 놓고 간다고 한들

문밖은 이미 꽃이 지천이니
문안의 나쯤이야
별일이야 있겠느냐

한티안부

추적추적 내리는 비에 목덜미가 시린 사람
안개로 뜬 목도리라도 목에 걸어 주었으니
추분이 지나도 더 이상 쓸쓸하지 않을 사람

잠시 쉴 곳을 찾아 삶을 역류하듯
팔공산 골골을 맨발로 건너는 바람

거슬러 오르는 삶의 에움길에
굴참나무 우듬지 도토리로 매달렸던 시간이
올려다보는 다람쥐 눈빛처럼 아늑하다
그러나 이제는 돌아갈 수 없음을 아는 사람

암덩이 하나 내장에 품고 붉어지기 전 팔공산 나뭇잎들에게
안개비, 안부를 써내려 간다

구름 같은 부고장이 다 밀어내지 못한
구불구불 한티의 삶은 그저,
맨발의 아픔을 견디며 마지막 재를 넘는 것

도려낸 내장 마디마다 서너 개의 주머니를 매달고

안개비 한티재를 넘고 있다

가을회항回航

구름 없는 시야로 보이는 바다는
키 높이 구두를 신게 했다
새로 돋은 가지가 추켜세운 삶들이
붉을 대로 붉어졌을 때
엉성하다 못해 균열의 가슴팍으로
단풍나무는 찻물로 따라진다
뚝뚝 피를 받아 삼킨 바다는 균열의 찻잔
휑 하다, 아직 그리움이 남았느냐고
아까 물은 안부를 또 묻는 당신의 입술에서
서걱거리는 고독을 본다
안개 자욱한 날
여름바다로 떠난 사람을 기다리는 한 사람
이유 없이 흔들렸던 내면이
잎의 바다 노을로 출렁일 때
위태로운 젖꼭지의 모성에서
눈 매운 회항의 기적을 듣는다

억새

살 속 도사린 뼈 틈으로
차가움을 다 받아들인 어느 날에도
얇게 들어앉은 벌레
그 벌레를 감싸주기 위해
이유 없이 몸 오그린다 했던가

누군가에게로 스며드는 일에
어색한 나
산 넘어간 저녁노을이 그리워
블루의 눈동자로
먼 호수를 응시하는
발등 시린 까치발

허공의 눈발

1.
검정 고무신 놓여있던 댓돌 위에
내린다, 함박눈

모가지 늘이다가 머쓱해진 오리나무에게
잎이 되어주려 하는가

처마를 들어 올리는 헛기침 뒤에
아버지의 목청이 있었다

딸아, 앙상함에 다칠라 아서라

2.
겹겹이 가둔 솜들이
애먼 창밖에 더께로 내려앉을 때
아버지 생전에 부쳐드리지 못한
누비옷 한 벌

두 손으로 받쳐 들고
겨울강으로 간다

꽁꽁 얼어붙은 아랫목에서
속을 비워버린 나는
수몰된 시간에서
정박된 나룻배를 밀고 있다

3.
앙상한 내 마음의 뜰에
함박눈 오기 전 아마도
먼저 들렀다 온 곳은
아버지 다비의 자리였나!

검정 고무신 끌고 오듯
어둑하게 그을린 땅 위를
함박눈은 골라 밟는다

발의 온기 식어가는
댓돌 위의 고무신에 닿아
황혼은 다시 뜨겁다

新 세한도

1.

거문고를 꿈꾸는 오동나무
잎 진 가지 사이에서
은빛 지느러미 물고기가 내려와
덕지덕지 먼지 낀 창문에 이마를 찧는다

쟁반 같은 하늘이 기울어져
콸콸 쏟아낸 흙탕물에도
어깨 낮추고 걸었던 시간들 비틀거린다

가을 끝에 이르기까지 마른 사랑 하나 데려와
더운 입김 함께 호호 불지 못한다면
나 살며 얼마나 더
앙상한 기억만 남겠는가

2.

창가에 이마를 부딪힌 물고기
살얼음 낀 가을 강가의 그대 안부

반짝이는 은빛으로 내게 전해준다
늦가을 빈 허공으로 기억되는 창가
앙상한 손가락 나의 무심이
바람으로 거문고를 연주할 때
우표 없이 오동잎에 써서 보낸
그대의 안부는 겨울이 왔다는 전갈이다

커다란 창문을 꼭꼭 여미라 한다
저 혼자는 거문고가 되지 못한 오동나무
그대 외로운 유배지의 살갗에
골격 허술한 물고기 문신을 새긴다

달빛 무도회

1.

달성공원 팽나무 위에
매달린 쪽진 달

그가 이슥토록 쓸쓸한 것은
여직 집을 찾지 못한 누군가도
쓸쓸하기 때문이다

배회하고 있기 때문이다

먼 뱃길에서 돌아올 사람
기다리던 동구 밖 팽나무가
그랬던 것처럼

2.

주운 담배꽁초에
라이터를 켜 주려는 달

쓴 연기를 허공으로 빨아 올려 보지만
두절된 고향 저편의 집
지붕 위의 굴뚝은 냉냉하다

노숙의 어지러운 심사를
참빗 들고 어루만져 주는 달

쪽진 머리칼 풀어헤친 팽나무
가려운 머리 흔들고 있다

3.
안주 삼아
별 하나 더 삼킨다 한들
등 시린 이 밤을
누구와 동행할까
친구처럼 재잘대던 귀뚜라미 곁에
흙 묻은 은박 돗자리
깔고 눕지만

마음에서 비워 냈다고 믿었던
식구들 얼굴
스멀거리는 길을 따라
달 속으로
걸어 들고 있다

 4.
더 이상
홀쭉해지다
껍질이 부서져 날릴 때
달이여
부풀어 올라라
슬프도록 지상은
쓸쓸했으므로
망자의 하루는
더 가벼워져라

가족

세 살배기 외손녀가 더듬거리며
말을 한다

한두 마디씩 배운 단어
재잘재잘 하나둘
배운 말들을 연결하는데
지 애비 지 어미 이마에
지 이마를 갖다 대고
우리는 '가족'이란다

헤죽헤죽 걸어 다니며
툭툭 내뱉는 애쑥 같은 말들

참 파릇파릇해서 지답다

매미

서툰 울음으로 여름을 알리지 말라고
매미 너는 숲을 달구고 있다

긴 여름날 나는 이쪽 너는 저쪽
서로 당기는 고무줄일 때
가슴에 묻어둔 고통은 탱탱해진다

밤낮 어둔 땅 속 굼벵이 적에 배운 느린 몸짓은
울음 다 토해 놓은 뒤에야 껍질로 남겠다

욕망이었거나 나태한 언어의 울림
내 가슴 건반이 토해 놓은 노래는
더위에 눌린 등짝

머지않아
찬 서리의 이름으로 불릴 우리는
까칠한 단절음조차 당겨
원점으로 되돌려 놓아야 한다

눈먼 호수

겨울 내음이 묻어나는 당신이
가만가만 출렁여요

은물결 내 마음은 수평인데
잔잔한 경음악이 유리창에 흘러요

햇살에 닿은 얼음의 눈빛이 아파오는
둥근 호수 앞에서
아프지 않은 내가 민망해져요

멀리 있어 달려갈 수가 없다는 청둥오리는
서성거리는 당신에겐 근사한 핑계

살얼음에 갇힌 마른 갈대는
가고 싶어도 오지 말라는 손짓인 거죠

요요搖搖

어디쯤 걸어가는 생각의 끝을
따라가고 싶어
신 새벽 일어나 똑똑
컴퓨터 자판 두들겨 본다
눈물 찔끔 솟구치는
솔베이지의 노래 가사를 친다

유리 같은 머릿속
물방울을 튕기는 생각의 늪
거뭇거뭇 덧칠해가는 생의 중간쯤에서
독약처럼 어둠 삼키고
걸어온 나를 출렁여보니
걸어갈 길 잡념 무성한 풀숲이다

유년의 엄마 품으로 갔다가
선산에 홀로 누워 계신
무덤의 품으로 갔다가
이번엔 책상 앞에 다시 와보니

소음도 기척도 없다

꽃피우려 했던 삶의 공간에서
꽃 지는 소리는
한 줄 푸른 악보로 당겨졌다

동학 산장, 그해 겨울

찬바람 안고 뒹구는 낙엽의 사랑 이야기

밤새 뒤척이는 그 주인공이
내가 되는 꿈을 꾸어요

몸 숨길 곳 없어진 박새들
이리저리 허둥대다 오르는 계룡산

나목에 달랑이던 마른 잎이
거센 눈바람에 땅에 떨어져
겨울 간이역 시린 추억들을 더듬어요

눈 내린 카페에 홀로 앉아
유자차를 두 손 모아 쥔 나는

겨울 강

시간마저 박제된 겨울 강

얼어붙은 목울대 밖으로 소리를 꺼내지 못해
거죽만 남았다

내가 부르는 절절한 네 이름
안으로 숨죽이며 흐르는 너는
듣지 못하는지

그리운 가슴도 입술도 꽁꽁 얼었고
기억해야 할 그 모든 것들은
하얗게 죽어버렸다

혼자 던진 돌팔매질에
얼어붙은 수면 위 가라앉지 못한 돌들

그리워하는 것들은
그렇게 모두 부질없어지고

바다로 가는 길

갯내음과 솔바람을 실어 나르는
완행열차를 타고
여름을 달리고 싶었다

지천으로 핀 찔레꽃을 향해
창을 열어두고
푸르디푸른 바닷 속으로 들어가
한가한 사자처럼 앉아 있고 싶었다

되돌아오는 길에
알몸의 노을을 데리고 돌아올 수 있다는
코발트빛 설레임으로
외투 하나 여벌로 들고 바다로 간다

늘 그리워하는 무엇
그리워해야 할 그 무엇
끝자락 펄럭이는 추억이 좋았다

사시나무

안개비 엉금엉금 기어오르는
난간에 세워둔 기억들
위태롭다

뿔뿔이 흩어질 때, 당신의 상처
빗줄기가 되어 쓰다듬겠다

비가 데리고 온 상념들이
흙탕물 흐르는 문지방 넘나들어
군데군데 맺힌 생각의 매듭

실타래의 끝자락
당신의 손에 쥐어주겠다

그리움과 기다림의 괴리
기억과 망각의 간극 속으로
무겁게 내려앉혀 둔 침묵

한 줄기 풀빛을
안개의 목청으로 불러본다

2

기둥을 세우다

꽃의 장례식

바람의 정강이에 걷어차여
피를 토하며 뚝뚝 떨어지는 장미를
흙이 쓰다듬는다

싱그러움으로 건너기에 급급하다
목이 말라 입술을 적셔야 했던 땅 위의 날을
바람은 들꽃으로 돌려놓는다

뒤척이는 꽃잎 위에서
하루살이의 조문 행렬은 이어지고
더 이상 누추함 보이기 싫어
나 땅거미를 수의로 깁고 싶었다

이미 무딘 머리로 기억했던 꿈들
하나둘 저녁별로 옮겨놓는 이주

점점 차가워지는 등 토닥이는 땅의 맨살 위로
오월이 지나가고 있다

천왕봉을 바라보다

군락의 주목이 버티고 선 비탈은 힘줄 붉은 바다다

머지않아 잎 다 떨어내면 앙상해질 그녀의 바다 파도가
출렁일 때마다 공벌레처럼 둥글게 몸을 말고 혼자 중얼거
리는 그녀, 겨울비를 데려오는 해무에도 무감각할 수 있다
는 사실에 자신부터 타인으로 보는 그녀

창백하고 까칠한 얼굴이어야 하늘을 원망할 수 있다는
것. 따목따목 잎을 버리는 그녀 종착역이 어딘지 모르고
무작정 막차에 오른 그녀

그 여자의 생각 끝은 아직도 나부끼는 흰 눈이지. 텅 빈
가슴을 마른기침으로 두드리는 그녀, 잎 다 버린 주목 위
로 가을비가 껑충껑충 건너뛰면 마지막 남은 내 바다의 꿈
에 내다 건 구름 깃발이 돛배를 밀고 있다

득명

황금 옷 걸어두다가 옷걸이가 된 가을 주산지 나무들
검버섯 말리며 물에 발 담근 채로 서 있다

바짓가랑이 죄다 물에 빠뜨리고 서로의 등이 걱정인 나무들
빗살무늬 물결이 아랫도리 세월로 빗겨갔으나
물을 꿰뚫고 하늘에 닿아 왕버들이란 이름 얻었으니
둑 너머 주렁주렁 사과가 붉어도
산국 향기는 헐거운 마음을 흔든다

목덜미 흰 갈대 뒤에서 나온 피 칠갑 햇덩이가
얼지 말라고 털목도리 하나 방점처럼 걸어두고 간다

석류

달팽이처럼 돌돌 말린 몸 뒤척여보니 석류 냄새가 남아 있다

겨울 끄트머리 버쩍 마른 석류 한 알 찬바람 쪼개어 채우는 기저귀. 아직 살아 있다는 듯, 한 알 석류는 까맣게 말라가면서도 움켜쥔 가지를 놓지 않는다

풀 태운 냄새로 바닥을 달군 방 안 벽을 안고 사는 내 어머니가 뱉는 기침은 찬바람의 뺨 사정없이 후려갈기며 까슬한 삶의 찌꺼기 엄동 하늘로 날린다

'얘야! 춥다. 아랫목으로 오너라!'

딸의 손 잡아끄는 초점 잃은 눈동자 기억 속에 유일하게 각인된 딸을 두고 검은 얼굴 백지장 같은 눈발로 덮고서도 속으로 감춘 붉은 미소를 꺼낸다

기다리던 봄이 저승꽃처럼 번진다 해도 뜨거운 속은 천천히 말린다

썰렁한 달력

첫
첫
첫
날개로 내려오는 생각들이
어둑어둑 하늘에서 기어이
잎 진 나무 꽁무니에 쏟아붓는다

기다림 매달린 가을을 와르르 무너뜨린다

짐짓 거룩한 척 벤치의 침묵도 요절내고 마는 불꽃

낱낱이 분산되는 것은 슬픔만이 아니다

너의 침묵이 나의 일상을 진저리나게 했으므로
몸속의 씨를 익힌 풀들도 껍질을 열고 포자를 날린다

어둑해진 배경에서 먼저 오는 첫눈은
첫 키스의 떨림 첫사랑의 설렘

헐벗은 언덕배기일수록 나, 마음 오래 앓아서

첫눈 오는 밤의 열정은 희다

기둥을 세우다

일기에 따라 한강이 달라 보인다는 것을
아릿아릿 춤을 추고 싶은 오월이 되어서야 알았다

병실 시트 위에 오래 누운 사람을 두고
아름다운 노랫말에 소름이 돋은 나
신록에 출렁이고 말았다

간ﾙ 한쪽을 아픈 아비를 위해 떼 주고
병원 복도 끝 모서리에 자매가 서서
서로 등을 토닥이는 걸 보았다

저절로 흘린 콧노래는
눈을 두고도 오래 밖을 볼 수 없기에
도려낸 내장 대신 옆구리엔
자루 네댓 개를 단 당신에게 닿았다

어디든 날아갈 수 있게 해 달라고
창밖을 향해 무언으로 외치는 눈빛에

내가 해준 것은 고작
창문을 열어 주는 거였다

그의 창백한 얼굴 위로 얹히는 한 줌의 햇살에
링거 병이 달린 사각 다리 침상
털털거리는 해시계의 바탕 중심축이
고통의 각을 비틀고 있었다

동백

푸른 브래지어로 꽁꽁 동여맨
겨울 여자 젖가슴이
불어난 살에 앞섶 터졌다

통통한 살 위를 내려앉는 싸락눈
안으로 감춘 젖꽃판 건드려
더 이상 참을 수 없어 그녀가 터트린 부끄럼

초승달 두어 번, 그믐밤 두어 번
뜨고, 졌다고는 하나
찡긋 나의 눈웃음만으로는
끌 수 없는 불이라고

온몸 군데군데 그치지 않는 열꽃이다

다리다

꼬깃꼬깃한 기억 하나를 끄집어내어
빳빳하게 다려봅니다
하얀 와이셔츠에 펄럭이던 희망은 바래지고
소매 끝은 상처투성입니다
어둡고 구겨진 생각이 더듬거릴 때는
스팀다리미처럼 달아오른 내 손끝이
달랑거리는 단추 주위에 이르러
더욱 긴장되고 말지요
지나간 그날로 되돌릴 수 없는 시간들
깃을 잡고 노을에 풀풀 털어 봅니다
아직 동트는 아침이 되려면 멀었는데
찢긴 꿈을 꾸다가 일어나
나 잠 깨기를 기다리는 당신
구겨짐 없이 빳빳하게 다려냅니다

비 오는 강가에서

비 오는 강가에선 저녁별 걱정을 잊었다
숲 사이 물로 오가던 언어들이
해가 지기 전에 다독다독
아물지 않은 상처의 하루를 챙긴다

가벼워진 마음으로 귀에 대는 수런수런 강바람
살갑다

뚝
뚝
여름비가 떨어져 수위가 높아지면
여위어가는 세월을 주워 모은 강물은
보폭 좁던 생각들을
빠른 유속의 물 바깥으로 모아둔다

여과되지 않은 상념들 물안개로 시야를 가려
지난날 강태공이 앉았던 자리
미끼 없이 던져둔 낚싯대엔 상념의 부표들

모두 잿빛이다

건듯건듯 저녁바람이 쓰다듬어
다 자란 갈대는 희끗한 머리를 풀고
그리움에 어지러워진 여자가
보이지 않는 저녁별을 주물주물 씻어
별로 지은 한 솥 밥을 안치고 있다

詩가 되지 않는 저녁

해거름 들녘에서 내가 엿들은 것은
들꽃이 햇살에게 건네는 귓속말이다

시집간 딸아이에게 걸려온 전화는 첫음절로 보아
분명 잘못 걸린 전화였고
틀니를 끼워 놓은 듯 저녁에 부는 바람은
아무 일 없다는 발음을 아무는 일 없다고 전해 오고
받은 만큼 박수를 받았으면
이제는 그만 떠나도 좋겠다는 단풍나무
기립박수에 뜨거운 손짓까지 보탠다

삐걱거리면서도 일상의 의무를 내려놓지 못하고
나는 비둘기를 모아 먹이를 준다

제 배를 다 불리고 난 뒤 훌훌 떠나는 잿빛 언어들
그래도 나 한때 겨드랑이 밑으로 들어온 어둠을
성큼성큼 떠나보내기도 했었는데
이렇듯 시가 되지 않는 저녁에는

무성해진 담장의 장미넝쿨을 벅벅 긁는다

수액을 타고 어둠으로 들어가 밤 이슥토록
불 꺼진 그대 창가에서
무릎 세우고 불러 주던 세레나데나
떠올려 보는 것

좌판 인생

구병원 횡단보도를 건너오는데 사과 궤짝 위에 가지런 히 펼쳐 놓은, 달콤하기도 할 새콤하기도 할 둥근 생들이 참으로 가지런하다

수천 번 행인의 눈길이 훑고 지나가도 좌판 사과와 귤을 탑으로 쌓아 올릴 때 이미 곽씨는 이 한 무더기를 어떤 이 가 봉지에 담아갈지를 염원으로나마 짐작했던 것이다

묵묵히 기다려준 탑의 고마움에 나는 오늘 푸른 들판 위를 스쳐 지나가는 비바람 한 무더기를 샀다. 구름과 햇 빛도 덤으로 한 개 더 얹어 달라 할까. 달싹이던 입술은 끝 내 꾹 눌러 참았다

곽씨라 불리는 그 사내는 썩은 사과 한쪽을 도려내듯 내장 하나를 세월 앞에 오래전에 던져 버렸다. 그 엄청난 비밀을 알아버린 나였기에 어느 날 곽씨가 노을 속으로 걸 어갈 때 지팡이 값에 보태라고 거스름돈은 받지 않았다

가로수를 친구 삼고 하루하루 낮달의 보폭을 헤아리며 남은 세월을 착하게 걷겠다는 구병원 앞 난전의 곽씨 진저리나게 쫓아오는 암과는 끝내 악수를 하고 그에게 남겨진 시간은 편안한 그늘 같아서 조심해 가시라는 당부를 잊지 않는다

 삶이란, 달콤함과 새콤함을 거듭 쿡쿡 누르며 오늘을 걸어서 내일로 가는 길. 노을 지팡이가 등 뒤에서 붉었다

아침素描

급히 출근하며 빠르게 벗어던진 남편의 옷가지가 매미 허물 같다는 생각이 든다 맨몸은 빠져 나갔어도 마음은 남겨 나를 빤히 보는 당신의 껍질 그게 술 절은 몸을 감싸던 옷이었다 해도 구린내 발 받쳐주던 신발이었다 해도 현관에 나뒹굴고 있는 동안은 또다시 기다림을 꿈꾸는 나는 여름나무인 거지

여기저기 벗어 놓은 밤의 잔재들 햇살 한 줄기 창문 틈을 비집는 것을 나는 흐린 눈길로 바라본다. 일상 위에 오도카니 앉은 난 빗질하지 않은 머리 푸석한 얼굴 마시다 둔 식은 커피

창문 너머 매미 허물이 몸 포갠 여름의 막바지 감나무 나이테가 화석처럼 굳어 가더라도 나로 인해 늦잠에 든 당신 흔적 빨리 거두고 싶지 않아 정오를 넘겨서 완성되도록 그대로 두는 거지

월포에서

하루에 수십 번 아니 수천 번 은밀한 속삭임을 꺼내고 싶은 그 바다가 월포였다. 섬을 다녀온 물과 섬을 보지 못한 물이 뒤섞여 파도를 만들고 철썩인다는 것은 애먼 생각이었나!

난파의 잔해가 떠밀려 온 해변에서 섬을 그리워하는 것은 결코 추하거나 난하지 않은 몸 부딪는 짓거리임이 분명하다. 쪽빛 바다를 품 안에 가두었다가 하얗게 뱉어내는 섬들의 고된 하루는 바위에서 선명한 새 발자국처럼 새겨진다

바투 앉은 마음 썰물로 비워지고 그 여백만큼 또 멀어지는 당신 삶의 에움길에 파도는 사랑한 순서대로 흔적을 지우고 슬프게 반짝이는 소금 빛 외사랑, 애저녁 초롱하던 별은 해풍의 이불을 당겨 덮는다

눈 검다

1.

염소의 퉁퉁 불은 젖꼭지에서
고요가 주르르 흐를 것 같다

자박자박 걷던 저녁의 발소리를
칠월 외양간 앞
자귀나무에 걸어 둔다

신기루를 쫓아가던 눈동자
까만 날짐승들
담방담방 하늘길 돌다리로 놓여졌다

열망의 꽃 무덤도 여물어
툭툭 터지는 저녁별도
나에게 보여준다

2.

어미 염소의 사타구니에 매달려

이제 나는 젖니 같은 달

젖빛 고요 한 통을 비우고 나면
피곤의 또 다른 얼굴을 만나러 가야겠지

무겁게 내려앉는 어둠을 눈 속으로 받아내면
노을처럼 밀려드는 잠 속에서
자귀꽃 피려나!

자줏빛 어머니가 물려준 속눈썹이
어린 염소의 혀에 닿았다

부딪치는 모든 어둠이 부드러워졌다

레일사랑

달려가 닿을 수 있는
그 간이역 이름만 알아도
나는 길을 잃지 않겠네

레일 하나 깔려 있다면
고통에도 깔아두는 레일의 시간
어둡고 습한 길일지라도
나, 두려움 없이 달려가겠네

사랑아, 얼마큼 더 달려가야
그대 서 있을 역일까
몇 킬로나 남았나
몇 시간이나 남았나

흔들며 흔들리며
견디어야 하는 사랑이 거기 있어 준다면
나, 길을 잃지 않겠네

여행, 별밤 속으로

잿빛 하늘을 만지며
떨어지는 별빛을 채워가던 가슴에도
우르르 무너지는 소리가 들린다

인연을 운명이라 여기며
겨울밤을 걷고, 또 걷다가
아프지 말자고 또다시 아프지 말자고

아려오는 명치끝 조각달 지고 있다

사랑을 안다는 당신은
얼마나 시리도록 별을 헤어 보았는가

밤마다 별을 헤는 마음이
시시때때로 나를 데리고 떠나는
미지로 향한 마음 여행

그건 차라리 형벌이었음을
알고 계시는가, 당신

반딧불이 사랑

하루하루 나를 각인시키듯
그대를 내 머릿속에 가두고 삽니다
혹여, 불면 흩어져 버릴까 봐
혹여, 잠들면 잊혀져 버릴까 봐
꼭꼭 가슴에 가두고 삽니다

어쩌다 소낙비라도 내리면
그 빗줄기를 따라 강물을 따라도 가보고
더 멀리 바다에 가서도 머뭇거렸지만
그대는 영영 여름밤 멀리서 반짝이는
뭇별일 수밖에 없음이 안타깝습니다

온종일 울고 난 뒤에도
가로등 켜진 공원길 모퉁이에서
마저 울지 못한 슬픔을 마저 쏟아내는 일은
정녕 울음이 최후의 삶임을 알리는 것입니다

나 또한, 이렇게 그대를 기억할 수 있다는 것은

그대가 떠나도 떠난 게 아님을 압니다

그대와 나의 거리는 이렇듯
늘 안타까운 먼 길인 것을

차마

매연 자욱하도록 불길 솟아오르는
아비규환 지옥의 공간에서
뇌리를 스치는 얼굴, 어미였으리라

애절하게 어미를 찾는 막내아들의 애타는 목소리
'엄마 막내아들을 용서하세요'

삶의 마지막에 뱉어내는 절규 같은 한마디에
그 어미의 마음은 어땠으며
뜨거운 불길 속 그 아들의 마지막의 마음은 어땠을까?

차마, 차마
가슴으로만 불러야 할 이름이여!
차마, 차마
가슴에 묻을 이름이여!

앙상한 시신으로 남겨진 이 참혹한 사실들

차마, 차마 어찌 말로 다 할 것이며
어찌 글로 다 쓸 수가 있으리오

언젠가 그 언젠가

사립문 위에 걸린 겨울 달빛

언젠가, 그 언젠가 당신으로부터
내 작은 형체 사라지는 날
긴 여정의 삶이 끝이 나는 날

나는 당신의 고요한 여백으로 남고 싶습니다

삶의 마감 자리에 우두커니 앉아 있을
당신은 한 그루의 돌배나무

낙엽으로 발목을 덮은 채
월백한 이화의 삼경을 기다리는
역린의 바람을 기다리는

3

떠내려가는 나무

불두화 피는 아침

손 흔들며 떠나는 법을 꽃으로부터 배운다

멍든 가슴 혼자 다독이는 법을 울음 푸른 산비둘기에게 배운다

밤중을 지나온 이슬이 창밖에 피워 놓은 아침 고봉밥 한 사발

열 손가락 다 편 쨍쨍한 햇살 속을 풀물 든 손
으아리꽃이 기어오를 때
연정에 빠진 내 머리채 땅바닥에 꿇어앉힌다

혼자 다독이다 멍든 가슴 꽃의 머릿속 바글바글
슬그머니 딱 한 번 눈 감아 주느라 돌아앉은 부처의 아침은
온통 하얗다

겨울 이야기

흩어져 내리는 햇살이 소맷자락으로
담벼락 기대선 병아리들의 콧물을 닦는다

까칠한 담벼락 얼굴은 군데군데 마른버짐
융단처럼 반질거리고 싶은
꿈 많던 한 소녀도 개나리꽃 피기를 기다리고 있다

구멍 난 양말 속에 발가락 홍시처럼 얼어도
뒷집 산동아재 따라 씽씽 얼음 위를 달릴 때만큼은
얼음장 밑 피라미 떼가 부럽지 않았다

구름 훨훨 흩어진 겨울 하늘
이제 어흠어흠 헛기침 아재는 떠났다

햇살을 눈 속에 가득 가둔 병아리는
모래알을 콕콕 쪼다가 연한 발톱으로 언 땅을 헤집는다

이울다

 1.
해거름, 또 하루를 봉인하는 시간이다

삐걱거리는 관절은 힘겹게 어둠을 들어 올리고
몇 잎 낙엽을 데리고 자박자박 목감기 속으로 걸어간다

억새를 빗어 넘기는 바람은 붉다 찢긴 목젖 너머에서
자주 헛기침을 뱉어내는 저녁 무렵

어둠을 안고 누운 아이야
오래오래 울다가 이제 그만 이울거라

 2.
산다는 것, 그건 그저
덤덤히 미로 속을 걷는 것 아니냐

돌아갈 수 없는 길을 걷다 지쳐
주섬주섬 어둠 줍는 몸동작 느릿해진 저녁달

흐린 풀잎 아래 모여든 풀벌레조차
어디쯤 오고 있을 첫눈을 기다리며
단내 나는 안부를 더 이상 묻지 않는다

울음을 찧어 발라둔 봉숭아 꽃물은
아이의 손톱에서 빠져나가
달의 핏기 잃은 몸에 부어지고

지천이 향기

꽃이 뭉클하게 만져집니다

그리하여 그대도 나처럼 아픈가 하고
전화를 걸어보니 뚜~뚜
긴 신호음입니다

꽃이 피고 또 군데군데 생겨난 각혈의 자리
우르르 봄바람이니까
시위도 우르르 합니다

한때 황홀하던 저 몸짓
꽃이 폈다고 꽃이 졌다고 땅거미 코끝에서
맨발로 서성이는 별과 달의 향기

뭉글뭉글 봄볕에 데인 그대 뜨락
무엇으로 달랠까요

가시 건너 밟다 삐끗한 보행의 어둠에게

아프지 않은 곳
어딘들 있을까요

목련은 심지다

굵고 흰 획을 그어 놓은 화가는 이제 늙었다

목주름에 갈색 스카프를 두르고
흰 수염으로 턱을 받친 찬 얼굴이 무겁다

그에게 목젖을 보여주던 여인은
꽃향기 현기증 속으로 떠났고
그가 그리던 봄, 창밖의 목련은 그냥 켜둔 등불이 아니다

순수의 귀를 열기 위한 쓰디쓴 웃음일 것이다

성급하게 불려 나온 누드모델 겁에 질린 듯 창백한 얼굴이다

족두리 풀지 못해 밤새 켜둔 등
심지 타는 냄새가 십 리 밖까지 진동했다

짓다, 집 한 채

황토 한 짐 부려다가
햇살에 버무린다
낮달 한 뭉치 베다가
서까래로 얹는다
먼지와 먼지 사이를 오가는 목수들,
이슬을 밟은 게 어제인데
기둥 일으켜 세우지 못한 채
이슥한 겨울이다
자박자박 노을 감겨 와도
윙윙 돌아가는 기계톱 메고
저녁별 올려다본다
캄캄한 하늘
어디에다 문을 달까
대못 몇 쿵쿵 박으니
얼렁뚱땅 생겨나는
허방 하나

겨울집시

목 꺾인 갈대의 편지를
길들여진 슬픔으로 읽는다

바람의 손끝이 읽던 점자 위로 다녀간 안개는
컥컥한 고요였다, 등불 같은 일렁임을 속으로 감춘 채
침묵을 발로 옮기고 있다

반쯤 언 강물에 발 담근 청둥오리가
잘게 부서지던 태양이 잠긴 강의 안쪽으로 거처를 옮기고 있다

한 번씩 고개를 들어 응시하는 먼 하늘
먹빛 몸짓으로 흔들어 본다

내게 추상으로 말라가는 그리움들은
뒤뚱뒤뚱 걸어가는 오리 몇 마리 풀어놓았다

얼음 빛깔로 뒤꿈치를 들어 올릴 때
갈대는 살아야 할 의미를 들려주고 있었다

날 선 말이 칼날에 베여 견디기 힘든 상처가 되고
네 발로 엉금엉금 아래로 기어서라도
흘러가라는 강물의 말이
안개의 등을 떠밀고 있다

칠월 산행

골 깊은 산기슭
칠월의 정상에 이르고 보니
구름은 덫처럼 걸려 있다

잊어야 할 것들은 마음의 그림자로 남아
듬성듬성 잡풀 자라는 무덤가엔
음 토하다 목 쉰 풀벌레가 산다

초승달 기우는 고갯짓에 난 까닭 없이 슬퍼졌다
서쪽 하늘 저 흐린 달빛, 이끼 낀 바위틈에 스며든다 한들
깨진 술병 조각만큼 반짝일 수 있겠는가

아직 덜 핀 꽃들이 지천인데 무덤을 둘러싼 활엽수 가지 위에
허허 웃는 빈 가슴을 걸어 두고 싶었다

멀리서 바라만 봐도 아프다던 저녁별 네 가슴에게
보이지 않는 것들은 모두 거짓이라고
허공의 발목을 당겨 내리고 싶었다

점점 흐릿해져 가는 강물에 흘려 넣는 고요
가슴을 잃고 눈을 잃고 체온을 잃고
자꾸 옷깃 잡아 당겨도 따라오는 세속의 바람

따스했던 팔부 능선의 기억만으로
아직 덜 핀 꽃들을 위로하고 싶었다

떠내려가는 나무

폭우에 쓸려가는 나무를 본 적 있다

바람 불고 비가 와도 그 나무
뿌리 깊을 나무인 줄 알았는데
바위라도 단단히 움켜쥔 줄 알았는데
흔들리지 않을 거라고 믿었는데
침묵의 그림자 떠밀리고 말았다

길이 아닌 곳 물길은 건너뛰지도 않았는데
강이 아닌 곳에서 강이 되고 싶지도 않았는데
찢기어 떠내려가는 생가지

질서 너머 무질서는 늘 그랬다
영역에서 벗어나지 않으려 하지만
부둥켜안고 허둥대는 순간
출렁이며 흘러가는 황톳물에 모든 것은 앙상해졌다

용틀임 밖으로 기어 나올

어떤 몸부림도 보이지 않은 채
"저를 어쩌지" 외마디 내 기도는 외면되고
나무는, 저항 없이
그냥 떠내려가고 있었다

시간, 흘러와서 흘러가는

늙어 눈빛 거룩하던 고양이처럼
웅크리고 콜록거려 본다

벗은 옷을 어느 가지에 걸면
검은 비닐봉지처럼 펄럭이기라도 할까
목을 감고 있던 머플러도
억새에게 매어 준다

닳아 얇아진 살가죽 뚫고 들어오는 칼바람에
잘린 고향 집 굴뚝 연기를
듬성듬성 꿰매어
기까지 한기 든 낙엽에게 둘둘 감아 주다 보면
어느새 찾아든 감기와 친숙해지고 말았다

한동안 차지한 내 몸에서
착지할 곳을 찾아 두리번거리는
늙은 고양이 한 마리 꺼내고 나니
아뿔싸!

마음 둘 곳이 없어졌다

눈자위만 조금 움푹해졌을 뿐
기왓장 밑으로 오래 기어가던 담장
등 꼬리 마디가 허전하다

적는다

1.

그녀는

방사선 치료를 받으러

서울까지 가서도

앉은뱅이 제비꽃이 피었는지

봉긋봉긋 복사꽃이 피었는지

적는다

꽃이 내게 물어온 안부를

잉크 묽은 만년필로

적는다

소소하게 잘잘하게

뛸 듯이 기쁜 열 살짜리

가시내가 되어

꽃 이제 피더라고

적는다

2.

아침을, 낮을, 밤을
살아 있다는 증거의 목록인 듯
아카시아 잎을 떼어
흐르는 진물 속에
파랗게 적는다

시한부 삶, 그녀가
점점이 놓아 둔 꽃의 기록들은
누구에게도 다가올 죽음의 징검다리

전화 단축 번호에
너의 번호를 쿡쿡 찍어준다

아직 피지 않은
가을꽃의 몸짓이
야들야들 전송된다

3.

소녀의 꿈이

방사선에 태운 머리카락 되어

민들레 홀씨처럼 흩날린다

더 이상 날릴 게 없어지면

공중은 휘날리는 눈발

남은 자의 길에 자욱할

그녀의 꽃이

눈물로 얼룩진다

분꽃여자

바람이 불면 바람이 불어서 마음 저리고
꽃 피는 밤이면 꽃 때문에
가슴 벅차 오르게 되는 것이다

부서져 버린 꿈 조각들 하나하나 맞춰 보지만
이미 산산이 흩어져
자신은 군데군데 뻥 뚫린 상처투성이

어루만지는 분첩 너머의 거울 속에서
검은 동공들이 눈썹을 들추고 있다

백담사 영시암에서

아래로 나직이 흐르는 물소리
익어 가고 있다
풍경소리에 닿아 깊어지다가
실눈썹 쪽진 달 올려다보다가
우수수 쏟아내는 고요

거침없이 흘러내리다가
낮은음과 높은음
조화를 이루어야 닿는 침묵

나는 지금 어디서 무엇을 생각하는가?

어둠 속 씻어내야 할 번뇌들
엎드려 올리는 삼천 배
잊으라 함이다
버려라 함이다

흔적

하늘이 고와 오래오래
그 쪽빛 하늘만 바라보았을 뿐인데
왜 눈가에는 이슬이 맺힐까요

마음 한 자락 냇물을 따라 흘렀을 따름인데
겹겹이 기워진 마음은 두꺼워져요

흐르다 어느 바위틈 잠시 머물렀을 따름인데
가을은 왜 가슴 한가운데
신작로를 내고 떠났을까요

휩쓸려 흔들리던 잔영들이
단단한 나이테를 만들기 위해
마지막 계절로 가고 있습니다

외출입니다

산다는 것도, 그렇습니다
한치 앞도 보지 못하는
나뭇잎 같은 것이 바람 앞에서 허둥댑니다

우리의 삶인 것 같습니다
떨어지는 빗방울 같은 것이
우리 인생인 것 같습니다

땅으로 스며들면 흔적조차 없는 것이
빗방울이라는 것입니다

안간힘을 쓰고 몸부림을 쳐도
어쩌지 못하는 운명 앞에서
구름처럼 방황하다
새처럼 노래하다가
바람처럼 갑니다

산다는 것은

그저 아주 잠시 쉬었다가 가는

간이역으로의 외출입니다

국화 여인

하현달 서녘으로 더듬거리며 걷는 밤
무상無常의 세월은 칠흑

들꽃처럼 살다가 훌쩍 마감한
곱디고운 여인의 부음을 받았다

나를 슬프게 한
욕심도 부끄러움도 없는 초상 앞에
슬그머니 내미는 한 송이 애통

겨울강 건너 저승으로 가는 길목에
걸음걸음 놓인 꽃송이마다
눈물은 포말의 바다가 되고

물 위를 걷는 버선발이 되고

4

돌모리 안부

바람의 열반

1.
풀 마른 저수지 두 바퀴 돌다가
모로 누워 있는 붕어의 뼈를 보았다

우수수 흩어진 백 원짜리 동전만 한 비늘
제 명 다하고 죽은 것처럼 보였다

주검 옆에 쭈그리고 앉아서 뼈를 나무처럼 세워 본다

한 계절이 떠나고, 돌아오면 둑길
은빛 이파리 출렁일 사시나무

2.
수시로 바람은 입으로 드나들겠지
아주 죽었다는 것을 알리기 싫어
간간이 꼬리지느러미는 흔들어댈 거야

입을 땅에 박아두면
입안에 씹히는 것은 동면에 든 모래 맛의 맛

자갈돌 밟는 발자국 소리 뱃속에서 와글거려
바람인 나는, 먼 길 지나 왔으니

이제 저 나무에 귀를 거는 거야

살점도 없는데 무덤을 만들 건 뭐 있어

몇 개의 비늘이 바람에 들썩거릴 때
바람이 불어온 곳은 북쪽인 것을 보아
지금은 캄캄한 겨울인 것이지

 3.
유린당한 꿈이 파편처럼 흩어진 자리
슬픔도 훈장처럼 끌어안은 비늘

불어오는 바람에 띄우면
봄은 좌우로 몸 구부리는 몸짓 되어
열반의 마른 가지 곁으로 돌아오지 않을까

봄부터 가을까지 추웠으므로
우리의 겨울은 좀 더 따뜻해지라고

물구나무선 붕어의 뼈가
땅의 번뇌를 꼭꼭 묻어 주고 있다

레테의 강

 1.
한 번도 뒤돌아보지 않은
길을 돌아보는데
생의 절반쯤이 지나가네
한껏 고개 돌린 채
저만치 가는 분홍의 시간들
가는 것 오는 것은
늘 분명하지 않아도
오래 다가가지 못한
풍금의 건반은 낡아버렸다네
두드려서 달려온 비
안기는 그 내음에
코끝은 찡해지고

 2.
언덕배기를
물끄러미 쳐다보며
꼼지락거리는 반나절
지난 삶 기억의 강가엔
소꿉놀이하던 친구가
서걱거리는 갈대로 서 있고

잘잘한 시간들을 쪼개듯
풀벌레는 울었다
젖은 눈가를 바람이 닦는 거기
아직은 오지 않은
주름진 시간들이
절뚝절뚝 서성이고 있다

　3.
어젯밤 꿈 속
먼 길 먼저 간 친구가
악수를 청해왔다

나 또한 손 닿지 않는 거리에서
강을 사이에 두고
너를 향해 뛰어가고 있었다

혹여 부고를 알리는
신문의 광고란에
네 이름이 섞여져 있을까 봐

한갓 꿈이었다는 걸 알고
밤 이슥한 시간에
씁쓰레 웃는다

골똘한 응시

꽃 지는 소리
달 밝아 더 요란하다

낮엔
자벌레의 장난이 잎을 훑고 다녀갔고
저녁엔
쪽진 달의 시샘에 우물이 깊었다

살금살금 걸어 나온 살가운 꽃빛
며칠을 앞다투더니
질 때는 저리도 급하다

누군가의 질투가 있은 뒤
잎들은 떨어져
우물은 반란이다

비의 길목

어제 내린 비를 햇살이 핥는데
나뭇잎이 파르르 경련이다

창백했던 얼굴에 선사할 웃음 있어
자기 몸보다 더 큰 먹이를 끌고
개미들 욱신거리던 발목 천천히 옮겨지는
저 힘은 어디서 오는 걸까

하나둘 떨어내는 헛꽃
어두운 길 산수국 툭툭 건드려 보다가
얌전하게 있는 마음에게
살살 혀끝의 시비를 걸어본다

비 지나간 길목에
정신마저 가벼워진 주검을 놓아두거나
어떤 배려를 놓아두어야
개미의 노동 수월해질 수 있을까

돌모리 안부

용마루에 걸린 산허리가 탱자나무의 안부를 묻는다

무료한 하오가 가시에 걸리고
붉어진 잠자리 꼬리가 또 걸리고
울타리 넘겨다보던 아이가 엄마 기다리다 키만 자라는 마을

담배표 간판 위로 내려온 산 그림자
색 바랜 평상에 이르러
엄마 걸어오던 길이 발뒤꿈치를 간지를 때
별빛 흐르는 소리 누워서 듣는 마을

칠 벗겨진 채 달리는 아버지의 자전거가
이내 초닷새 저녁안개를 그리움처럼 데려오는 마을

주절주절 마을 전설을 써내려가는 탱자나무
빽빽한 가시 문자로 써내려가는 돌모리
키 자라 떠난 아이들 안부가 궁금하다

바구니의 안쪽

낮말에 베인 상처를 어둠으로 동여맨다고 한들
쓰리고 아프지 않겠는가

뼈로 얽히고설킨 가슴을 솟구친 피가 적셨다 해도
칼보다 말에 베인 상처는 꺾인 민들레 진액처럼 끈적인다

베고 간 자나, 베인 자나
어둠을 안고 누워
만다라의 모퉁이처럼 생겨날 상흔에
더 오래오래 아파할 것이므로
하루 종일 서성였을 사유 하나 담아둔다

말로 지은 죄 씻기 위해
온밤 칭얼대는 꽃 한 송이도 덤으로 담아 둔다

그네

구름 둥둥 떠 있는 하늘을
한껏 내민 가슴으로 당긴다

꽃 무더기 속 새겨 넣은 새가
정강이까지 밀려왔다 밀려가는 낮달과의 사랑에
벚나무는 사정없이 흔들렸다

불타는 시간이 지나가면
까맣게 익은 새는 풍장을 기다리지

죽음도 재로 말라갈 꿈의 콧노래에
발아래 쑥쑥 자라는 넝쿨의 찔레

내가 품은 가시의 비밀은
혼자 삼켜야 하리
흔들림 멈출 때까지 흥얼흥얼

벚나무 연서戀書

실성한 여자처럼 웃을 수 있는
겨울 외투를 벗어 던지고
앙상한 가지로 얽혀있던 감정 사이를
하하 웃으며 길을 내기에도
꽃 핀 벚나무 아래가 제격이다

노크도 없이 성큼성큼 들어왔던 꽃향기
나를 남겨 놓고 네가 떠난다 해도
마음을 남기고 떠난 것이라면
나는 남아 연분홍 연서를 쓰겠지

그렇게 밤새 쓴 편지들을 갈가리 찢어 흩뿌리기엔
비 내리는 벚나무 아래가 제격이다

죽은 새가 뽑아놓은 날개의 깃털
그리움들이 빗물 타고 둥둥 떠내려갈 때
몸통이 더 거뭇해진 벚나무는
하나둘 꽃잎들 헤아리며 겨울을 견딘다

4월 여수

4월의 여수는 낯가림 심한 부끄럼에겐 혼돈이다

떨어져 내 몸 안으로 들어온 붉은 동백이
자꾸 고개 쳐드는 파도에게
말을 걸어온다

세월의 무게 위에 동행하던 너에게
허락도 없이 들어온 봄은
나를 밀어 안긴다, 저녁의 바다처럼

희미한 등대 향해 달려 너에게 가는 나는
일렁이는 잔물결 위 통통배
반갑다고 뱃고동은 멀리서 따라오며 울어대고

뚝뚝 떨어져 내리는 동백은
비명 차마 듣지 못하도록 내 귀를 막는다

어쩔 줄 몰라 허둥대다 돌아왔어도 여수는
여전히 부끄러운 혼돈이다

바다의 소리들

비릿한 바다 헤엄치고 싶던 날
나 꼬리를 흔드는 망둥어 되어 바다에 간다

남아 있는 순수마저도 흐느끼는 갯벌에 던져두고
감정에 충실하자는 말을
바다는 끝없이 들려주었다

소금기 절은 하늘이 울던 그날은
젖은 손수건 같은 갈매기들 내려와
물 속 미역줄기 흔들림을 악보로 읽을 때
바다는 합창하는 단원들의 입
고음과 저음이 희석되고 있었다

비 오는 바다에는
각자의 노를 저으며 떠나는 항해가 있었고
자신이 흘린 눈물만큼
빗물 받아 삼키어야 풀리는 울분

각자의 방향을 둔 마음들이 너울지고 있다

먼저 간 봄

창문 열어놓자
훅 바람이 얼굴을 밀친다

아직은 봄이 아니라고
스친 바람의 손자국이
미안한 표정으로
찡긋 윙크를 한다

봄은
먼저 가버린 그대가 되어
터진 살갗 나무의 상처 위에
등불을 걸고 있다

천천히 따라오라
껌뻑이는 등대처럼

가을거울

술렁술렁
바람이
귀뚜리 소리 앞세워
작은 뜰에 아장아장
걸어 다니면
가을 내음을
쓸어 모은 나는
어슬렁어슬렁
초이레 달빛 아래
어둠을 문질러
손거울을
닦는다

하루

잎 떨구어낸
빈 가지를 부여잡고
울고 있는 겨울바람

꼬리 짧은 새 한 마리
잿빛 하늘을 이고 앉아
첫눈을 기다린다

바람결에 듣는
너의 안부는
별처럼 달처럼
그저 잘 살고 있다 하네

하루 종일
절뚝거리면 쫓아간들
무심히 바라보는
창백한 얼굴에
나 닿을 수 있을까

또, 그렇게 하루는
윙윙

오래된 봉인

꾹꾹 눌러 둔 감정을 꺼내어 햇살 좋은 날 소쿠리에
널어 말리면 정제된 옹이 같은 삶이
계절의 흔적 한곳에 오롯이 남아 있을까?

까치발로 서성이던 보고픔이 비가 되어 내리던
그런 날의 그런 기다림은 늘 헛발질이 많았다

퍼즐 조각처럼 낱낱의 시간과 공간을 짜 맞춰 보지만
너는 먼 저편에 서 있다

먼 데서 가을 노래 들리고 하늘이 따라서 우는 날
주섬주섬 감정의 부스러기 색동보자기에 담아 묶는다

꼭꼭 숨겨 둔 그리운 이여!
더는 낡아가게 둘 수 없는 계절의 매듭
네가 와서 풀어주길

칸나처럼

무딘 칼날에 베어서 더 낭자한 선혈

나는 봄을, 봄은 나를
가끔, 잊은 듯
가끔, 죽은 듯

흰 길을 내며 날아가 버린 비행기

이별 흔적 위로 물드는 노을

언제 또다시 기다림으로 너는 떠나고
나는 남아
까마득한 훗날의 비망록을
붉은 피로 받아쓸 수 있을까

모래편지

보고 싶다고 썼다가 지워버렸다
그대 잠결에 뒤척일까 봐
보고픈 마음에 빗장을 풀었다 걸었다

반복의 채찍은 감정에게 순종하는 일

스스로의 마음을 담금질하는 일

그리운 마음 위에
올렸다 내려놓기를 수없이 반복한 바위는
어느새 모래알로 닳아 샛강을 껴안고

마흔아홉 살의 여자

찡하게 외로움을 느끼는 여자
풀냄새 나는 새벽을 걸어온 여자

벌건 대낮에도 연두색 커튼 꼭꼭 여며 창을 가리는 여자

패티김의 이별을 따라 부르다가
눈물로 모자라 콧물까지 흘리는 여자

창 넓은 카페에서 호반의 다리가 되는
모락모락 김 오르는 茶를 마시다가
아직 떨리는 가슴이 남아 있어, 스스로에게 감탄하는 여자

그러다가 또, 휑한 눈으로 비 오는 호수를
죽은 듯 고정된 눈길로 응시하는 여자

알몸 춤사위, 꾸지 말아야 할 꿈을 꾼 날은
구르는 낙엽과 아직 화해하지 못해
"바보 같은, 등신 같은"
술잔으로 이마를 치다 비틀비틀 걷는 여자

배웅

지는 해를 넉넉한 웃음으로 본다

손톱만큼 작은 꽃을 보고도

웃으며 안녕할 수 있는 편안함으로

나도 시들어가고 싶다

사람 냄새나는 그대를 그리워하다가

회생

입술에 미소 머금은 목련꽃 앞에서
제비가 가져올 내 소식 기다려 보세요
얼음 녹아 흐르는 냇가가 소란스러워지면
슬픈 내 사랑 고백이
아지랑이인 줄 아세요
죽은 줄 알았던 나무에 새순 돋는 날이 오면
봄인 줄 아세요

해바라기

바라봅니다
오로지 그대만

바람 불어와
꽃잎 흔들어도
누렇게 빛바랜 얼굴
땅거미가 번져도
오직 한 곳
지쳐 쓰러진다 해도
머릴 두는 쪽은

그대

봉인된 시간과 꽃의 현상학

김 상 환 | 시인

1

오래된 나무 등걸을 보면 크고 작은 옹이가 있다. 나뭇가지가 병들거나 벌레 먹은 자리에 결이 맺혀 혹처럼 불퉁해진 옹이는, 말하자면 나무의 통점痛點이다. 옹이 주변은 언제나 그 결이 휘어져 있어 목재의 쓸모가 덜하거나 없는 것으로 간주한다. 하지만 심미적인 가치로 보자면 전혀 다른 미감을 선사하며 흐름을 형성한다. 상처와 고통으로 응결된 옹이의 지점은 모든 것과 이어지는 존재Seyn의 통점通點이다. 빛깔이나 색을 느끼지 못하는 망막 시신경의 희고 둥근 부분을 맹점盲點이라 한다면, 이 또한 다르지 않다. 필시 존재하지만 보이지 않는 맹점은 언어로는 설명이 불가능한 어둠chaos 그 자체로서, 암점暗點이다. 사물과 인간의 현상 이면에는 이렇듯 알 수 없고 말할 수 없는 것들이 있다. 한 편의 시로 표현되기 이전의 어떤 영혼이나

감성, 즉 포에지 에스프리Poesie esprit도 매한가지다. 실존의 근본 범주에 속하는 시간과 자아의 양상은 송화 시인의 경우, 결코 단선적이지가 않다('시간들, 사람들, 언어들, 생각들, 생들, 사실들, 그리움들'). 시의 세계와 내면은 '수몰된 시간'(「허공의 눈발」), '분홍의 시간들', '주름진 시간들'(「레테의 강」), '어깨 낮추고 걸었던 시간들'(「新 세한도」), '굴참나무 우듬지 도토리로 매달렸던 시간'(「한티안부」), '불타는 시간'(「그네」) 등, 상승과 하강의 국면이 동시에 드러나 있다. 그런 점에서 주름의 이미지를 갖고 있다.

옹이는 주름이다. 그 주름의 접힘과 펼침, 균열 현상은 마음의 내부에서 용출되었다가 다시 갈앉기를 무수히 반복한다. '투쟁하는 것 사이에 긴밀하게 공속하는 것으로서 균열이 형태를 구성하는 선線'(하이데거, 『예술작품의 근원』)이자 선禪이라면, 대립과 조화 내지 모순의 일치는 시와 예술의 궁극적 지점에 속한다. 그 연장선에서 구속과 자유의 계기로 주어지는 매듭으로서 옹이와, '정제된 옹이 같은 삶'(「오래된 봉인」)은 슬픔을 슬픔으로 넘어서는 내재적 초월에 속한다. 하지만, 시인인 '나'의 슬픔에는 딱히 이유가 없다. 나는 이제 그 슬픔에 길들여져 있다('길들여진 슬픔', 「겨울집시」. '난 까닭없이 슬퍼졌다', 「칠월 산행」)라는 일련의 사실이 못내 슬프다. 이번 시집에는 봉인된 시간의식, 부재와 상실에서 비롯된 정서와 정념이 지배적이다. 여기엔 '잿빛 언어들'(「詩가 되지 않는 저녁」)로서 말로 다 할 수 없는 '차마'가 들어 있다. 차마는 주로 부정문이나 반어 의문문에 쓰여 애틋하고 안타까운 감정을 드러낸다. 그리움과 기다림, 기억과 상처, 안과 밖, 길과 꽃과 피, 달과 바다와 바람, 겨울과 봄 등은 이를 뒷받침하는 이미지군으로 기능한다.

그럼 이제부터 조심스레 '꾹꾹 눌러 둔 (시인의 말과) 감정을 꺼내어'(「오래된 봉인」) 보기로 하자. 먼저, 시인에게 시를 쓰는 이유가 있다면?

2

일기에 따라 한강이 달라 보인다는 것을
아릿아릿 춤을 추고 싶은 오월이 되어서야 알았다

병실 시트 위에 오래 누운 사람을 두고
아름다운 노랫말에 소름이 돋은 나
신록에 출렁이고 말았다

간㼜 한쪽을 아픈 아비를 위해 떼 주고
병원 복도 끝 모서리에 자매가 서서
서로 등을 토닥이는 걸 보았다

저절로 흘린 콧노래는

눈을 두고도 오래 밖을 볼 수 없기에

도려낸 내장 대신 옆구리엔

자루 네댓 개를 단 당신에게 닿았다

어디든 날아갈 수 있게 해 달라고

창밖을 향해 무언으로 외치는 눈빛에

내가 해준 것은 고작

창문을 열어 주는 거였다

그의 창백한 얼굴 위로 얹히는 한 줌의 햇살에

링거 병이 달린 사각 다리 침상

털털거리는 해시계의 바탕 중심축이

고통의 각을 비틀고 있었다

—「기둥을 세우다」 전문

　　시인에게 시를 쓰는 이유는 이렇듯 기둥을 세우는 일이
다. 말과 삶의 그 기둥은 마음과 날씨 여하에 따라 대상이
달리 보인다. 어디 한강뿐이겠는가. 이러한 사실을 새삼 깨
치게 된 것은 계절의 여왕인 오월이 되어서다. '나'에게 오
월은 더 이상 아름답고 경쾌한 댄싱의 시간이 아니다. 아
름다움이란 말과 노래에 나는 되레 소름이 돋는다. 나는
지금 은유로서 질병이 아니라, '병실 시트 위에 오래 누운 (
한) 사람' 즉, 죽음이란 데스 마스크death mask를 앞에 두

고 있다. 그 아비를 위해 간을 이식하고는 서로의 등을 토
닥이는 자매, 저들은 '병원 복도 끝 모서리'에 서 있다. 노래
가 당신에게 닿았다. 나는 밖을 향해 '무언으로 외(친다)'.
그의 눈빛을 차마 떨칠 수 없어 나는 창문을 열어젖힌다.
문의 시간이 닫힘의 경계라면, 창의 시간은 열림의 경지다.
창문은 경계로서 경지에 이르는 벽이자 통로다. 그렇다면,
고작은 고작이 아닌 고작高作의 일점 일획이다. 어느 사이
해시계의 그림자가 병실을 비집고 들어와 각도를 더한다.
고통의 각, 그것은 생의 모난[角] 순간이자 깨달음[覺]의 자
리다. 나의 마음과 의지는 집안의 가장이자 중심축인 '그'
라는 기둥을 오로지 일으켜 세우는 데 있다. 그것은 존재
의 언어를 건립하는 일이기도 하여 기둥을 세운다는 것은
전全 존재의 긴장과 에너지를 필요로 한다. 그는 누구인가,
그의 창백한 얼굴은 무엇인가? 주체와 신체의 일부이자
타자와 영혼의 영역에 속하는 그와 그의 얼굴은, 어쩌면
알 수 없고 말할 수 없는 존재의 미지를 표상한다. 기둥을
세우는 일은 '왜why'에 답하는 일이다('하늘이 고와 오래오
래 / 그 쪽빛 하늘만 바라보았을 뿐인데 / 왜 눈가에는 이
슬이 맺힐까요', 「흔적」). 허무하게 무너져 내린 그의 죽음
을 애도하는 일이다.

'그대와 나의 거리는 이렇듯/ 늘 안타까운 먼 길'(「반딧

불이 사랑」)이 가로놓여 있기에, 오월 어느 날 나는 땅에 떨어진 장미를 보고 한 편의 시를 쓴다. 「꽃의 장례식」('바람의 정강이에 걷어차여 / 피를 토하며 뚝뚝 떨어지는 장미를 / 흙이 쓰다듬는다 …… 뒤척이는 꽃잎 위에서/ 하루살이의 조문 행렬은 이어지고 / 더 이상 누추함 보이기 싫어 / 나 땅거미를 수의로 깁고 싶었다 …… 오월이 지나가고 있다')이 그것이다. 이번 시집에는 아닌 게 아니라, '꽃'이란 시어나 이미지가 매우 빈번하게 드러나 있다. '개나리꽃, 으아리꽃, 찔레꽃, 제비꽃, 복사꽃, 자귀꽃, 분꽃, 동백꽃, 석류꽃, 목련, 갈대, 억새, 민들레, 산수국, 국화, 해바라기, 장미, 칸나, 들꽃, 헛꽃, 열꽃, 가슴꽃, 저승꽃' 등등. 구체적인 꽃도 꽃이지만, 추상적인 '헛꽃'이나 '열꽃', '저승꽃'이야말로 앞서 말한 '왜why'에 답하는 일이다. 오월에 떠난 사람은 오월에 떨어진 꽃잎처럼 피를 토하며, 피를 뚝뚝, 땅에 떨구며 죽어간다. 흙이 쓰다듬는다. 땅거미가 수의로 변한다. '기다리던 봄이 저승꽃처럼 번진다'(「석류」). 나의 오월엔 꽃의 혼례가 아니라 꽃의 장례가 있다. '손 흔들며 떠나는 법을 (나는 그) 꽃으로부터 배운다'(「불두화 피는 아침」). 바람이 분다.

1.
풀 마른 저수지 두 바퀴 돌다가
모로 누워 있는 붕어의 뼈를 보았다

117

우수수 흩어진 백 원짜리 동전만 한 비늘
제 명 다하고 죽은 것처럼 보였다

주검 옆에 쭈그리고 앉아서 뼈를 나무처럼 세워 본다

한 계절이 떠나고, 돌아오면 둑길
은빛 이파리 출렁일 사시나무

  2.
수시로 바람은 입으로 드나들겠지
아주 죽었다는 것을 알리기 싫어
간간이 꼬리지느러미는 흔들어 댈 거야

입을 땅에 박아두면
입안에 씹히는 것은 동면에 든 모래 맛의 맛

자갈돌 밟는 발자국 소리 뱃속에서 와글거려
바람인 나는, 먼 길 지나 왔으니
이제 저 나무에 귀를 거는 거야

살점도 없는데 무덤을 만들 건 뭐 있어

몇 개의 비늘이 바람에 들썩거릴 때
바람이 불어온 곳은 북쪽인 것을 보아
지금은 캄캄한 겨울인 것이지

유린당한 꿈이 파편처럼 흩어진 자리
슬픔도 훈장처럼 끌어안은 비늘

불어오는 바람에 띄우면
봄은 좌우로 몸 구부리는 몸짓 되어
열반의 마른 가지 곁으로 돌아오지 않을까

봄부터 가을까지 추웠으므로
우리의 겨울은 좀 더 따뜻해지라고

물구나무선 붕어의 뼈가
땅의 번뇌를 꼭꼭 묻어 주고 있다

—「바람의 열반」 전문

시집의 표제작이다.

1에서 '나'는 모로 누운 부처, 아니 모로 누운 물고기(붕어)의 뼈를 본다. 마른 풀로 둘러싸인 저수지를 두 바퀴 돈 연후의 일이다. 비늘의 크기나 수로 보아 제 명을 다하고 죽은 물고기에 비해 그렇지 못한 인간의 삶이 오버랩되는 순간이다. 나는 물고기의 '주검 옆에 쭈그리고 앉아서 뼈를 나무처럼 세워 본다'. 나로선 이것 또한 '기둥을 세우'(「기둥을 세우다」)는 일이 된다. 주검과 뼈의 흑-백 대비는 이 시에다 실존과 깊이를 부여한다. 특히, 뼈bone는 죽어서도 죽지 않는 불멸의 존재이며, 생born의 다른 명명이다. 시간은 흐르고, 그리운 사람의 둑길에 사시나무의 '은빛 이파리'가 바람에 출렁인다.

2에서는 바람의 상상력이 주가 되어 있으며, 때론 감각의 형이상학마저 드러내 보인다('동면에 든 모래 맛의 맛'). 그리고 죽은 물고기에 대한 나의 기대와 상상은 죽음 자체를 쉽사리 받아들이지 못한다('아주 죽었다는 것을 알리기 싫어/ 간간이 꼬리지느러미는 흔들어 댈 거야'). 그도 그럴 것이, 바람은 숨과 호흡, 생명(성)을 담보로 한 때문이다('수시로 바람은 입으로 드나들겠지'). 나는 곧추세워진 나무에 자조自嘲 섞인 말을 건다. '살점도 없는데 무덤을 만들 건 뭐 있어(?)' 바람은 북에서 불어오고, 지금 나의 마음은 숫제 겨울이다. 3에서 나의 사랑 나의 꿈은 유린당하고 흩어진 지 오래. 하여 이제는 '슬픔(마저)도 훈장처럼' 매달려 있는 셈이다. 슬픔이라는 빛, 그것은 다비茶毘 이후에 마지막으로 남겨진 사리舍利 같은, 하늘 저편으로 사라진 연기 같은, 바람 같은 것이다. 나는 이제 물고기 뼈가 대지를 살아가는 이의 번뇌를 묻어준다는, 이 기막힌 역逆과 반反의 진리를 새삼 깨닫는다. 바람은 열반이다.

바람과 뼈의 상상력이 돋보이는 니르바나nirvāna; 涅槃의 이 시에서 열반은 곧 득명이다. 주산지의 '왕버들'이 그런 것처럼, 득명得名은 '물을 꿰뚫고 하늘에 닿아'(「득명」)서야 비로소 얻게 되는, 존재의 명명이다. 득명은 득명得明/得命이다. 그것은 생사를 초월한 밝음과 빛을, 명命을 얻는 것이며, 고경苦境을 넘어서야 이를 수 있는 '명랑한 운명'이다('외롭더라도 분하더라도 / 거꾸로 나는 불행하게 되지 않기 위해서 / 지혜에 눈뜬 깊고 명랑한 운명을 열고 싶다'; 이케다 다이사쿠池田大作, 「苦境」). 오래 묻어둔 '나'의 마음과 고뇌는 실로 크고 감당하기 어려운 터이어서, 나에게 바람은 세속(「칠월 산행」)과 들꽃(「꽃의 장례식」), 역린(「언젠가 그 언젠가」)의 성격을 갖는다. 나는 곧 바람이다('바람인 나', 「바람의 열반」). 그 바람의 고통과 분노, 슬픔이야말로 인간의 길이자 삶의 길이며, 세속에서의 초월이 가능한 길목이다. 딴은, 겨울에서 봄을 보고 느끼며 향유할 수 있는 토대가 된다. 그런 장소 가운데 하나는 '별빛 흐르는 소리(를) 누워서 듣'고, 초닷새 저녁안개를 그리움처럼 데려오는 마을(「돌모리 안부」), 돌모리 집이다. 거기엔 '삶의 에움길'(「한티안부」)마다 언제나 힘과 믿음이 되어 주던 나의 고향이 있다. 「석류」라는 시('달팽이처럼 돌돌 말린 몸 뒤척여보니 석류 냄새가 남아 있다 …… 한 알 석류는 까맣게 말라가면서도 움켜쥔 가지를 놓지 않는다 …… 내 어머니가 뱉는 기침은 찬바람의 뺨 사정없이 후려갈기며 까슬한 삶의 찌꺼기 엄동 하늘로 날린다 …… 기다리던 봄

121

이 저승꽃처럼 번진다 해도 뜨거운 속은 천천히 말린다')에
서 보면, 죽음을 코앞에 둔 병중에서도 '딸의 손(을) 잡아'
끌며 '아랫목'을 권하는 어머니의 사랑이 있다. 그런 어머니
에 대한 나의 안타까움과 그리움, 슬픔이 있다. 석류는 붉
은 핏빛이자, '속으로 감(춰진 당신의) 붉은 미소'다. 고향
을 떠나있다는 것은 생의 태반이자 근원으로서 어머니를
떠나 있다는 것이고, 그 결과 나는 존재의 흔들림이며 흔
들림의 연속이다('유리 같은 머릿속/ 물방울을 튕기는 생
각의 늪/ 거뭇거뭇 덧칠해가는 생의 중간쯤에서/ 독약처
럼 어둠 삼키고/ 걸어온 나를 출렁여보니/ 걸어갈 길 잡념
무성한 풀숲이다', 「요요搖搖」). 그런가 하면, 꽃의 현상은
죽음에서 사랑으로 이행하는 가교에 속한다. 다음 시편들
을 보자.

> 1.
> 염소의 퉁퉁 불은 젖꼭지에서
> 고요가 주르르 흐를 것 같다
>
> 자박자박 걷던 저녁의 발소리를
> 칠월 외양간 앞
> 자귀나무에 걸어 둔다
>
> 신기루를 쫓아가던 눈동자
> 까만 날짐승들

담방담방 하늘길 돌다리로 놓여졌다

열망의 꽃 무덤도 여물어
툭툭 터지는 저녁별도
나에게 보여준다

　2.
어미 염소의 사타구니에 매달려
이제 나는 젖니 같은 달

젖빛 고요 한 통을 비우고 나면
피곤의 또 다른 얼굴을 만나러 가야겠지

무겁게 내려앉는 어둠을 눈 속으로 받아내면
노을처럼 밀려드는 잠 속에서
자귀꽃 피려나!

자줏빛 어머니가 물려준 속눈썹이
어린 염소의 혀에 닿았다

부딪치는 모든 어둠이 부드러워졌다

—「눈 검다」 전문 ①

무딘 칼날에 베어서 더 낭자한 선혈

나는 봄을, 봄은 나를

가끔, 잊은 듯
가끔, 죽은 듯

흰 길을 내며 날아가 버린 비행기

이별 흔적 위로 물드는 노을

언제 또다시 기다림으로 너는 떠나고
나는 남아
까마득한 훗날의 비망록을
붉은 피로 받아쓸 수 있을까

　　—「칸나처럼」 전문 ②

　①은 '젖빛 고요', 고요라는 흐름의 시다. 자귀나무가 있
는 외양간에서 저녁 무렵, 나는 염소 젖을 짠다. 머리 위로
오작烏鵲이 난다. 은하수에 모여 제 몸을 잇대어 다리를 놓
는 오작은 '검은빛'이다. 그 빛은 '붉음보다도 더 붉고 / 아
픔보다 더 아픈, / 빛을 넘어 빛에 닿는 단 하나의 빛'(김현
승,「검은빛」)이다. 저녁별에는 생사('꽃 무덤')가 겹쳐 있다.
그 결과 '어미 염소의 사타구니에 매달려 / … 젖니 같은
달'의 이미지를 선사한다. 고요는 생명의 젖빛이다. 그러
나 어둠의 완강한 힘에 자꾸만 감겨지는 검은 눈, 그 혼몽
한 눈 속에서 사랑이, 자귀는 피어난다. '자줏빛의 어머니
가 물려준 속눈썹이 / 어린 염소의 혀에 닿(고) // …… 모

든 어둠이 부드러워'지는 순간이다. 시인의 지각과 감수성이 크게 돋보이는 이 시의 비밀은, 꽃의 계시-자귀꽃이 피기 시작하면 장마의 시작을 알리는 것이고, 꽃이 지기 시작하면 장마의 끝을 알리는 것이다-에 있다. 검은빛의 이음 Fügung에 있다.

②에서 '너는 떠나고 / 나는 남아' 있는 현실은 살아남은 자의 슬픔이다. 그 끝없는 기다림과 그리움의 꽃이 칸나라면, 이는 '낭자한 선혈'이다. 그 피로써 나는 후일, 너에 대한 비망록을 쓴다. 이별은 진정한 사랑이다. '비행기'처럼 하늘 저편으로 사라져버린 저녁놀이 아름답다. 순식간 저녁 하늘을 물들이는 그 힘은 어디서 오는가. 그 힘은 꽃이 아닌 꽃가루로서 이별이다('이 세상 어디선가 이별의 꽃은 피어나 / 우리를 향해 끝없이 꽃가루를 뿌리고 / 우리는 그 꽃가루를 마시며 산다. // 가장 가까이 부는 바람결에서도/ 이별을 호흡하는 우리'; 릴케, 「이별의 꽃」). 이에 편승하여 「반딧불이 사랑」('하루하루 나를 각인시키듯 / 그대를 내 머릿속에 가두고 삽니다 / 혹여, 불면 흩어져 버릴까 봐 / 혹여, 잠들면 잊혀져 버릴까 봐 / 꼭꼭 가슴에 가두고 삽니다 …… 온종일 울고 난 뒤에도 / 가로등 켜진 공원길 모퉁이에서 / 마저 울지 못한 슬픔을 마저 쏟아내는 일은 / 정녕 울음이 최후의 삶임을 알리는 것입니다')을 보게 되면, 그대를 향한 나의 그리움과 안타까움이 진솔하게

나타나 있다. 우리는 이 시를 통해 울음이 곧 울림의 다른 이름임을 알 수 있다.

한편, 송화 시인이 생각하는 사랑의 장면에는 '애쑥 같은 말들'(「가족」)을 잘도 내뱉는 어린 외손녀가 있다. 생명과 희망의 그 말에는 쑥과 마늘처럼 신화시대로까지 소급되는 힘이 있다. 그리고 이별과 상실의 아픔, 그로 인한 마음이 흔들린다 해도 '사랑이 거기 있어(만) 준다면 / … 길을 잃지 않겠'(「레일사랑」)다는 사랑의 언약이 있다.

스스로의 마음을 담금질하는 일

그리운 마음 위에
올렸다 내려놓기를 수없이 반복한 바위는
어느새 모래알로 닳아 샛강을 껴안고

　　　　—「모래편지」 부분

죽은 새가 뽑아놓은 날개의 깃털
그리움들이 빗물 타고 둥둥 떠내려갈 때
몸통이 더 거뭇해진 벚나무는
하나둘 꽃잎들 헤아리며 겨울을 견딘다

　　　　—「벚나무 연서戀書」 부분

등에서 보듯이, 사랑은 광물적 이미지로, 때로는 식물적 이미지로 드러나 있다. 「모래편지」가 쇠를 담금질하듯 스스로의 내면과 마음을 견고하게 다지는 것은, 사랑이 갖는 진정한 자기애에 속한다. 이를 기반으로 타자에 대한 사랑이 가능한 법. 바위가 모래알로 닳아 없어지기까지 사랑의 반복을 실천하는 이야말로 샛강의 비밀을 알고, 모래에서 별을 본다. 이는 마치 옥봉의 시 「몽혼夢魂」의 한 대목(使夢魂行有跡, 門前石路半成沙: 꿈속 넋이 자취라도 남긴다면 문앞 돌길은 벌써 절반은 모래가 되었을 것이니)을 연상하게 한다. 그런 절실함과 내적 필연성의 시 「벚나무 연서戀書」에는 바위같이 오래된 벚나무가 온전히 겨울을 견디는 것으로서 사랑의 의지가 있다. 그것도 맹목적이 아닌, 낱으로서 '하나둘 꽃잎들 헤아리며' 감내하는 방식을 취하고 있다. 이러한 표현은 '구체적 보편'이라는 하나의 묘妙를 얻기까지 한다. '죽은 새가 뽑아놓은 낱개의 깃털'에서 보듯이, 죽음은 새의 깃털처럼 얼마나 가벼운 사랑의 노래인가. 시는, 삶은 어디에 있는가? 몸통이 거뭇거뭇한 벚나무에서 신생의 꽃이 피어나는 것은 죽음의 끝에서 부르는 노래, 연서戀書. 그리고 인간이 사랑에 빠지는 이유가 완전하지 않기 때문이라면, 미완의 인간은 고통과 환희의 가교를 오갈 수밖에 없다.

송화의 첫 시집 『바람의 열반』에는 먼 길을 지나온 사람만이 알 수 있는 아픔의 문지방이 있다. 사랑과 죽음이 있다. 그 죽음의 사랑, 사랑의 죽음과 이별을 아는 데는 옹이가 필요했다. 시인의 옹이, 그 통점과 암점에는 '목주름-목젖-목울대'에서 터져 나오는 그녀만의 비밀한 음성이 있다. 시간의 흐름 속에서 잔잔히 퍼져가는 파문波紋으로서 울음과 울림, 빛과 그림자가 송화의 시와 이미지다. 딴은, 봉인된 시간과 유무를 가로지르는 꽃의 현상(학)이 주를 이룬 그녀의 시는 평이한 가운데 때론 공空의 감수성마저 느껴진다. 존재의 영도零度와 허기가 감지된다.

시간과 자아, 깊이도 모르는 내면과 기억의 저편에는 〈그〉가 있다. 그에게로 가는 길은 '퍼즐 조각'과 같다. '흔적'과도 같이 가뭇없다. 그 길의 끝에서 홀로 시간의 꽃을 피우며 겨울 속의 봄을 찾아가는 나는, 허공을 날으는 한 마리 새, 옹鶲이다.